Círculo cromático

Éste es para mí.

Puedes consultar nuestro catálogo en
www.picarona.net

ESTE LIBRO ES GRIS
Texto e ilustraciones: *Lindsay Ward*

1.ª edición: mayo de 2020

Título original: *This book is gray*

Traducción: *David Aliaga*
Maquetación: *Montse Martín*
Corrección: *Sara Moreno*

© 2019, Lindsay Ward
Título publicado por acuerdo con Amazon Publishing,
www.apub.com, en colaboración con Sandra Bruna Ag. Lit.
(Reservados todos los derechos)

© 2020, Ediciones Obelisco, S. L.
www.edicionesobelisco.com
(Reservados los derechos para la lengua española)

Edita: Picarona, sello infantil de Ediciones Obelisco, S. L.
Collita, 23-25. Pol. Ind. Molí de la Bastida
08191 Rubí - Barcelona
Tel. 93 309 85 25 - Fax 93 309 85 23
E-mail: picarona@picarona.net

ISBN: 978-84-9145-387-1
Depósito Legal: B-5.440-2020

Impreso por ANMAN, Gràfiques del Vallès, S. L.
c/ Llobateres, 16-18, Tallers 7 - Nau 10. Polígono Industrial Santiga
08210 - Barberà del Vallès (Barcelona)

Printed in Spain

ESTE LIBRO ES GRIS

Ahora verán...

LINDSAY WARD

 Picarona

Había una vez, un lobo, un gatito y un hipopótamo que vivían en una pequeña casa junto al mar. Algunos describirían la casa como deprimente, lúgubre y sombría.

Pero no lo era. Era encantadora.
Y GRIS.
Era perfecta.

Un día, el lobo decidió organizar un *brunch*...

¡Oh, por san Pedro,
nadie se va a comer al gatito!

¿Quién es Pedro?

Creo que es el
hipopótamo.

Personalmente, creo que a este libro
le sentaría bien un poco de naranja.

El naranja
MOLA.

¡Gracias, Azul!
Tú también.

Ya sé que os cuesta,
pero dejad de complementaros
el uno al otro, por favor. Me distraéis,
y ya estoy a punto de...

¡Eh, chicos!
¿Qué pasa?

Que Gris ha decidido hacer un libro, por su cuenta.

Sí. O sea, nos ha excluido.

Sin primarios.
Sin secundarios.
¡SIN COLORES!

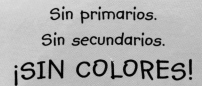

¡Sólo porque no sea ni primario ni secundario no significa que no sea un color! Los acromáticos también tenemos sentimientos, ¿sabes?

El lobo estaba a punto de sacar
los bollos del horno cuando…

¡NO, NO, NO!
¡ESTE LIBRO ES GRIS
COMO YO!

¿TAN DIFÍCIL ES DE ENTENDER?
¿ES QUE TENÉIS QUE METEROS EN TODO?
SIEMPRE ME DEJÁIS AL MARGEN.
¡NI SIQUIERA PUEDO
ESTAR EN EL ARCO IRIS!
SÓLO QUIERO ENSEÑAROS LO QUE
PUEDO HACER... EL GRIS TAMBIÉN ES UN
COLOR GUAY, ¿¡SABÉIS!?

Incluso aunque los bollos del lobo se quemaron a causa de un retraso por las condiciones atmosféricas, todos sus invitados disfrutaron de una encantadora velada en el jardín. Fue una gran fiesta.

¡Tachán!
O sea,
¿no es como total?
¡Y, mirad, Marrón
y Rosa han venido
a ayudar!

¡Mola!
¡Gris es un
color guay!
No sé cómo no
nos habíamos
dado cuenta.

¡Mirad
esos
animales
GRISES!

Resultó que el gatito
pudo preparar
un suculento *brunch*.
Oh, y vivieron grises
y felices por siempre.

FIN